LUCIEN LAMBEAU

LE MUR DE LA RUE HAXO

ÉTUDE DESCRIPTIVE

FAITE A L'OCCASION DE LA MISE EN VENTE DE LA VILLA DES OTAGES

AU MOIS DE DÉCEMBRE 1909

PARIS

JOUVE & Cie, ÉDITEURS

15, RUE RACINE, 15

1910

Hommage de l'auteur

L. Lambeau

LE MUR DE LA RUE HAXO

TIRÉ A CENT EXEMPLAIRES

LUCIEN LAMBEAU

LE MUR DE LA RUE HAXO

ÉTUDE DESCRIPTIVE

Faite a l'occasion de la mise en vente de la Villa des Otages au mois de décembre 1909

PARIS
JOUVE & Cie, ÉDITEURS
15, rue Racine, 15

1910

LE MUR DE LA RUE HAXO

La propriété dont on lira ci-après la description portait, avant 1871, le nom de cité de Vincennes. Après les affaires de la Commune, et en raison des événements douloureux dont elle fut le théâtre, elle prit le nom de *Villa des Otages*. Ce vocable est devenu officiel, puisqu'il est indiqué sur les plans édités par la ville de Paris. Il est également écrit en lettres peintes sur une vaste enseigne en bois, formant berceau, au-dessus de la grille d'entrée ouvrant dans la rue Haxo, au n° 85.

Derrière cette grille est une longue allée à ciel ouvert, mesurant environ 70 mètres de longueur et bordée à droite et à gauche de pavillons avec jardins, et de murs séparatifs de propriétés. C'est là l'entrée de la Villa des Otages, à laquelle, vraisemblablement, rien n'a été modifié depuis 1871. Au bout de ce couloir, on rencontre une première inscription en marbre blanc, apposée contre le mur, et portant le texte ci-après :

26 Mai 1871

ENTRÉE DU CENTRE
DU SECTEUR OU LES
OTAGES FURENT ACCULÉS
PAR UNE FOULE FURIEUSE

Ensuite, en tournant à gauche, on arrive devant une porte cochère à deux vantaux donnant accès dans une cour, assez vaste, et toute en longueur. A droite, se dresse une construction ayant l'aspect d'une petite maison de campagne bourgeoise de quelque brave habitant de l'ancienne commune de Belleville. Et, de fait, son architecture semble la classer, pour la construction, au temps de Louis-Philippe ou à celui du commencement du second Empire. Elle se compose d'un rez-de-chaussée à trois ouvertures : une porte flanquée de deux fenêtres, d'un premier étage ayant également trois fenêtres, dont celle du milieu décorée d'un balcon en bois découpé, dans le goût des chalets suisses de la banlieue parisienne. Au milieu de ce balcon est appliquée une table en marbre, sur laquelle est gravée l'inscription ci-après :

26 Mai 1871

BALCON DE LA SALLE DU CONSEIL
OU L'ON DÉLIBÉRA
SUR LE SORT DES VICTIMES

Devant l'inscription accrochée au balcon, est un bec de gaz.

Au-dessus de l'entablement du toit, dans l'axe de la fenêtre du milieu, s'élève un petit campanile ou clocheton carré, coiffé d'un toit pointu et orné d'un cadran d'horloge. Cet appendice fut sans doute rêvé par le propriétaire qui le construisit, pour donner à sa maison un certain aspect monumental destiné à flatter son amour-propre de châtelain bellevillois.

Mitoyenne à cette maison, et la prolongeant à gauche,

se trouve une autre construction, longue, basse, d'aspect banal, datant évidemment de la même époque, comportant six ouvertures au rez-de-chaussée, dont une porte, et six fenêtres au premier étage. Sur sa façade est apposée une inscription en marbre ainsi conçue :

26 Mai 1871

MUR OU UNE VIVANDIÈRE DE 19 ANS
DIRIGEANT SON REVOLVER
SUR UN GARDE DE PARIS
TUA UN PÈRE DE PICPUS
QUI L'AVAIT COUVERT DE SON CORPS

La petite maison à clocheton, et la dernière construction dont nous venons de parler, forment l'un des côtés de la cour mentionnée plus haut. A peu près en face de la première de ces deux bâtisses, est un petit bâtiment de construction assez récente, six ou sept années environ, qui a été spécialement édifié par la Compagnie de Jésus, propriétaire du domaine, pour y établir une reconstitution des cellules occupées à la Grande-Roquette par les Pères Jésuites qui trouvèrent la mort dans cette prison, le 24 mai 1871.

Les cellules sont au nombre de six. Elles sont munies des portes massives et à guichets grillés qu'elles avaient avant la démolition de la prison. On nous assure que les carreaux en brique seraient également ceux des anciennes cellules, le tout acquis lors de la démolition de la célèbre geôle. Les dimensions en hauteur, en longueur et en largeur de chaque cellule, ont été aussi fidèlement restituées que possible. Les portes ont conservé leurs chambranles avec les numéros d'écrou peints en blanc sur la traverse du linteau. Au-dessus, ont été aussi imitées les anciennes prises d'air avec leurs barreaux de fer. Pour ces six cellules, on compte trois fenêtres, ce qui fait une demi-fenêtre par cellule, grillées d'énormes barreaux de fer, achetés comme les portes et comme les carreaux. On a poussé le souci de l'exactitude jusqu'à peindre, sur le mur faisant face aux six entrées, la figuration des portes qui existaient sur ces points, à la Roquette.

Dans cinq chambres sur six, sont piquées des cartes portant les noms des Pères Jésuites qui furent prisonniers dans les vraies cellules dont celles-ci sont les copies. La cellule du P. Olivaint contient, en outre quelques petits *ex-voto* en marbre déposés à son intention.

Ces cartes sont les suivantes :

Cellule n° 5, le P. de Bengy
Cellule n° 6, le P. Clerc
Cellule n° 7, le P. Ducoudray
Cellule n° 9, le P. Caubert
Cellule n° 11, le P. Olivaint

On verra plus loin que, de ces cinq Pères Jésuites, trois furent fusillés à la rue Haxo : les PP. Caubert, Olivaint et de Bengy ; les PP. Ducoudray et Clerc l'avaient été à la Grande-Roquette, le 24 mai précédent, ainsi que nous l'avons dit plus haut.

En dépit du respect que l'on doit à ceux qui veulent conserver le souvenir de leurs morts, on ne peut s'empêcher de trouver quelque peu enfantine cette restitution des formidables cellules de la Grande-Roquette, dans une petite bâtisse à peine édifiée en plâtras. Il

Plan du lotissement

des Immeubles situés Rue Haxo N°s 79, 81, 83, 85 et
Rue du Borrégo N° 51, à Paris, *dits Villa des Otages*
d'après l'affiche de la Vente

Annoté par Mr Lucien Lambeau
Secrétaire de la Commission du Vieux Paris.

LÉGENDE
(Petits Chiffres)

1 *Petite maison à clocheton, siège du 2e secteur de la Commune*
2 *Mur contre lequel furent fusillés les otages.*
3 *Longue allée conduisant à la maison du secteur.*
4 *Petit bâtiment dans lequel sont reconstituées les cellules de la Grande Roquette.*
5 *Inscription de la vivandière.*
6 *Cour du secteur.*
7 *La fosse « ignoblée »*
8 *Le jardin actuel*
9 *Église moderne en briques.*
10 *Bassin d'eau.*
11 *Petit mur bas.*
12 *Grille d'entrée de la Cour au Jardin.*
† *Endroits des sépultures provisoires.*

Échelle : 0,002 par mètre

Nota : *Les lignes en pointillé, les Numéros forts de 1 à 15 et les lettres, se rapportent aux lots et au plan de lotissement dont il est question dans le texte*

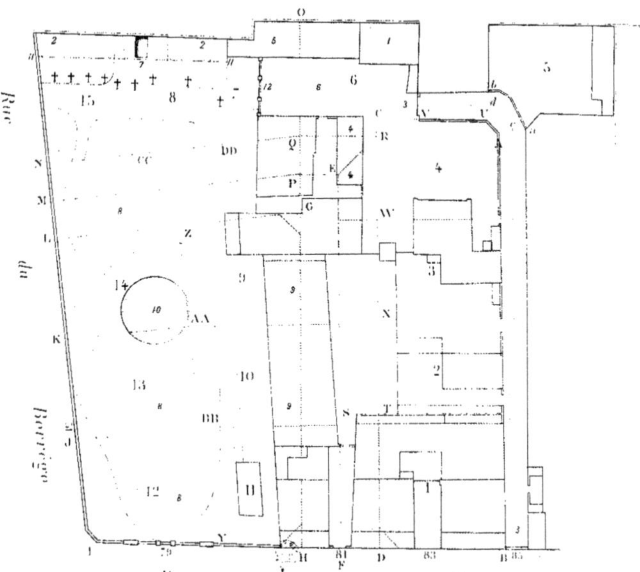

nous a paru qu'il y avait là quelque chose de théâtral, rappelant un peu trop le musée Grévin, une manifestation plutôt faite pour amuser le visiteur que pour élever sa pensée.

Près de l'entrée de cette construction se dresse, sur un piédestal, la statue en plâtre du P. Pierre Olivaint, de la Compagnie de Jésus, par Louis Noël.

C'est au fond de la cour dont nous venons de parler, que se trouvent le jardin et le mur tragique. Ce dernier est immédiatement à droite et est à peu près la prolongation de la construction basse à six ouvertures dont il a été question. C'est une haute muraille, d'environ 30 mètres de longueur sur 6 de hauteur, noircie par le temps et par les fumées, mais montrant encore, dans les pierres éclatées, de nombreux trous faits par les balles. Au milieu est apposée une vaste table en marbre blanc portant l'inscription suivante composée de cinquante-deux noms :

I. H. S.

HOC LOCO DIE 26 MAI 1871
IMPIE TRUCIDATI SUNT

ODIO JURIS		RELIGIONIS	ET PACIS	
Benoit.	Comombani.	P. Olivaint, Presb. S. J.	Greff.	Pauly.
Bermont.	Coudeville.	J. Caubert, Presb. S. J.	Keller.	Poirot.
Biolland.	Cousin.	A. de Bengy, Presb. S. J.	Largillière.	Pons.
Breton.	Derest.	L. Radigue, S. S. CC.	Mannoni.	Pourteau
Burlotel.	Doublet.	P. Tuffier, S. S. CC.	Marchetti.	Riolland
Biancherdini.	Ducros.	F. Tardieu, S. S. CC.	Marguerite.	Ruault.
Bodin.	Dupé.	M. Rouchouze. S. S. CC.	Marty.	Valder.
Bellamy.	Fischer.	H. Planchat, F. F. S. V.	Milotte.	Vallette
Carlotti.	Fourès.	J. Sabatier, Presb. Paris.	Margenot.	Villemin.
Chapuis.	Garodet.	P. Seigneret, Clerc. Paris	Mouillie.	Weiss.
	Geanty.		Paul.	

Des deux côtés de cette grande inscription sont apposées, sur le même mur, deux plus petites, également en marbre blanc, portant gravé le texte ci-après :

26 Mai 1871
LIEU DU MASSACRE
DES
VICTIMES

Au pied du mur, dans l'axe de la grande table ci-dessus, est une sorte de trou, entouré d'une petite balustrade en fer, et au centre de laquelle se dresse une plaque de marbre blanc portant :

27 Mai 1871
FOSSE IGNOBLE
OU FURENT JETÉS PÊLE-MÊLE
LES CORPS DES VICTIMES

La légende prétend que cette expression : *ignoble*, s'appliquerait à l'endroit même, qui était, en 1871, une fosse d'aisances.

Il est sans doute plus exact de supposer que le rédacteur de l'inscription, probablement un religieux, a voulu employer une forme latine pouvant se traduire par fosse inconnue. obscure, commune, cachée, non noble ?

Dans le milieu de la terrasse, au-dessus de la *fosse ignoble*, se dresse une sorte d'auvent destiné, sans doute, à abriter les visiteurs contre les rayons du soleil, et qui viennent se reposer en cet endroit, l'édicule étant garni de bancs.

A quelques mètres du mur, et régnant dans toute sa longueur, est un petit parapet en briques, haut d'environ 0 m. 50, d'un usage indéterminé et ménageant une sorte de plate-bande ou plate-forme entre ledit mur et le jardin. C'est dans cette plate-bande que les victimes furent alignées pour la fusillade finale. Ce parapet existait déjà en 1871. Voici ce que dit un témoin cité par M. Maxime Vuillaume, dans *les Cahiers rouges* :

« Debout, sur un petit mur bas, à quelques mètres de la haute muraille du fond, le capitaine Dalivous, sabre au clair, interpelle la foule » (p. 206).

Rien ne serait plus dramatique, plus douloureusement impressionnant que cette haute muraille de la mort, si elle avait été conservée dans sa virginité première, dans son horrible nudité, sans les inscriptions qui maintenant la dénaturent, sans l'auvent inénarrable qui en détruit la tragique silhouette. Des inscriptions, oui, sans doute, mais à côté, et de façon à ne pas atténuer l'intensité de l'émotion que l'on éprouve à la vue de ce grand calvaire.

Au long du parapet dont il vient d'être question, du côté du jardin, se trouvent des tertres dans lesquels on a fiché, à l'aide de tiges en fer, des tables de marbre portant les inscriptions ci-après, se suivant de gauche à droite :

29 Mai 1871

PLACE OU APRÈS L'INVENTION
DES CORPS FURENT DÉPOSÉS
LES CORPS DES GARDES DE PARIS

29 Mai 1871

PLACE OU APRÈS L'INVENTION
DES CORPS FURENT DÉPOSÉS
LES CORPS DES GARDES DE PARIS

29 Mai 1871

PLACE OU APRÈS L'INVENTION
DES CORPS FUT DÉPOSÉ
LE CORPS DU JEUNE ABBÉ SEIGNERET

29 Mai 1871

PLACE OU APRÈS L'INVENTION
DES CORPS FUT DÉPOSÉ
LE CORPS DE M. L'ABBÉ SABATIER

29 Mai 1871

PLACE OU APRÈS L'INVENTION
DES CORPS FUT DÉPOSÉ
LE CORPS DU P. PLANCHAT

29 Mai 1871

PLACE OU APRÈS L'INVENTION
DES CORPS FUT DÉPOSÉ
LE CORPS DU P. OLIVAINT

29 Mai 1871

PLACE OU APRÈS L'INVENTION
DES CORPS FUT DÉPOSÉ
LE CORPS DU P. DE BENGY

29 Mai 1871

PLACE OU APRÈS L'INVENTION
DES CORPS FURENT DÉPOSÉS
LES CORPS DES PP. DE PICPUS

29 Mai 1871

PLACE OU APRÈS L'INVENTION
DES CORPS FUT DÉPOSÉ
LE CORPS DU P. CAUBERT

Il est certainement inutile d'ajouter que l'expression : *invention*, est ici la forme désuète des mots *trouvaille* ou *découverte*.

Cette date du 29 mai montre que, trois jours après l'exécution, les cadavres furent retirés de la fosse *ignoble*, pour identification, et réinhumés seuls, ou par catégories, non loin de là, sous les tertres indiqués par les inscriptions. Depuis, les trois PP. Jésuites : Olivaint, Caubert et de Bengy, ont été transportés dans l'église de leur congrégation, rue de Sèvres ; les quatre picpuciens : Radigue, Tuffier, Tardieu et Rouchouze, dans la chapelle du couvent de Picpus ; et les gardes et gendarmes, dans le petit cimetière de Belleville, situé rue du Télégraphe, où un monument leur a été élevé.

Nous ne savons comment, en 1871, se comportait le jardin qui est actuellement celui de la *Villa des Otages*. Il avait probablement déjà l'allure d'un jardin d'agrément, puisque M. Maxime Vuillaume, dans ses *Cahiers rouges*, rapporte, d'après un témoin, qu'il avait encore, en son milieu, une vasque, alors pleine de gravats. (p. 210) Aujourd'hui, c'est un joli petit parc, mesurant environ 82 mètres de longueur sur 32 mètres de largeur, ombragé de grands et admirables arbres, décoré d'un bassin d'eau — qui est la vasque ci-dessus — et longeant, dans toute son étendue, la rue du Borrégo, avec retour sur la rue Haxo. Au n° 79 de cette dernière rue, est une petite porte d'accès, ressemblant assez à l'entrée d'un cimetière, et sur le linteau de laquelle est clouée l'inscription ci-après :

POUR VISITER LES OTAGES S'ADRESSER AU 85 (CONCIERGE)

Au-dessus de la porte se dresse une croix de pierre, empanachée par les lierres grimpants du jardin.

Il semblerait encore, à la lecture des *Cahiers rouges* de M. Vuillaume, qu'en 1871, le mur de clôture qui, sur la rue du Borrégo, longeait le jardin sinistre, était un mur à barreaux permettant de voir à l'intérieur de la propriété. Voici ce que dit, en effet, le témoin qu'il cite : « Quand nous sortîmes, la porte du jardin était ouverte, (sans doute la porte aux lierres grimpants). Je m'appuyai contre la clôture en barreaux qui longeait la rue du Borrégo. Les arbustes brisés, le sol piétiné, semblaient avoir été ravagés par un ouragan » (p. 206).

Et pourtant, ce mur longeant ledit jardin sur cette dernière rue, a bien l'apparence d'un mur fort ancien et ne montre guère de traces de remaniements ?

Avant la guerre franco-allemande, la cité de Vincennes était occupée, nous ne savons trop à quel titre, par quelques vieillards hospitalisés, que l'on évacua à cause des événements, et qui furent remplacés par des troupes d'infanterie régulière pendant le premier siège. La maison étant vague au moment de la Commune, celle-ci en prit possession et y installa l'administration du deuxième secteur de l'insurrection. Là est certainement la raison du choix de cette propriété pour l'exécution des otages.

Dans l'immeuble, est aujourd'hui installé un patronage qui fonctionne, paraît-il, sous la direction de M. le curé de Saint-Jean-Baptiste-de-Belleville. Il appartient certainement à la Compagnie de Jésus, puisque c'est à ce titre que M. Ménage, liquidateur judiciaire, fut chargé d'en poursuivre la vente. Une chapelle en briques, plus que modeste, a été édifiée il y a quelques années sur ses dépendances. Elle est simple et pauvre, et sans décorations d'aucune sorte. Les verrières sont des papiers coloriés appliqués sur des vitres ordinaires. On y voit, peints de façon très rudimentaire, les portraits des cinq pères jésuites dont il a été question plus haut : Ducoudray, Clerc, Olivaint, Caubert et de Bengy.

En admirant ce beau jardin et ses grands arbres, à la fin de l'année 1909, on ne pouvait s'empêcher de remarquer, en songeant à l'adjudication de tout cet immeuble, quelle occasion sa vente fournissait à la Ville de doter la circonscription, à très bon compte, d'un joli square, admirablement ombragé, et dont l'intérêt se complète d'un grand souvenir historique. Mais, dira-t-on, les espaces libres manquent-ils à Belleville ? Peut-être pas aujourd'hui, sans doute, mais ils y manqueront dans vingt ans ; et dans vingt ans, on ne trouvera plus le *Jardin des Otages* à acquérir pour quelques milliers de francs.

Il existe quelque part, au dire de la concierge de la villa — on prend ses références où l'on peut — deux tableaux peints à l'huile, exécutés peu de temps après le drame de la rue Haxo, par un prêtre bien renseigné ou qui était peut-être dissimulé parmi les spectateurs, et représentant, le premier, la *cour du secteur*, encombrée par la foule et par les gardes nationaux conduisant les otages au supplice. On y voit la petite maison à clocheton, dont le balcon est chargé d'officiers donnant des ordres, et aussi la maison de la vivandière.

Le second tableau représente le mur, devant lequel sont alignés les prisonniers, que des hommes et des femmes, en grand nombre, mettent en joue, soit avec des fusils, soit avec des revolvers. Au fond, se retrouve les deux constructions dont il vient d'être question, et la porte donnant accès de la cour dans le jardin.

Nous ne saurions nous prononcer sur l'attitude des personnages, sur les mouvements de la foule et sur la position des prisonniers, parmi lesquels nous comptons quinze prêtres au lieu de dix qui furent réellement fusillés ; mais au point de vue des édifices et de l'état des lieux, nous pouvons dire que presque rien n'a été modifié, et que l'aspect général de cet endroit n'a pas varié.

Nous n'avons pas vu, à la vérité, ces deux tableaux, nous ne savons pas où ils sont, mais ils ont été reproduits en cartes postales, que vend ladite concierge, et avec lesquelles il nous a été possible d'en faire la description ci-dessus.

La première de ces deux cartes est intitulée : *la Journée du 26 mai 1871, rue Haxo, n° 85. — Les Otages sont conduits au mur pour y être fusillés.*

La seconde : *26 mai 1871, rue Haxo, n° 85. — Malgré les oppositions de Félix Pyat et de Varlin la foule furieuse menace les otages.*

La carte postale ! criera-t-on jamais assez haut les mérites de ce petit carton, qui, au double point de vue topographique et iconographique, rend d'innombrables services de vulgarisation, et, dans l'espèce, nous a valu la connaissance de deux tableaux, assurément plus documentaires qu'artistiques, mais cachés, paraît-il, à tous les regards. Sans sortir des limites de Paris, que de coins perdus et ignorés, que de fonds de cours, que d'impasses, que de vieilles maisons, soit dans le centre de la capitale, soit dans les quartiers les plus excentriques, qui sans elle, n'eussent jamais été reproduits par l'image. Aussi bien, les historiographes de l'avenir lui devront-ils d'amples et curieuses moissons, quand ils décriront le Paris de notre temps, celui du *Siècle de la carte postale !*

La vérité nous oblige de dire que M. Armand Dayot, dans son album intitulé : *l'Invasion, le Siège, la Commune*, page 313, a reproduit l'une des deux images dont nous parlons plus haut, celle de l'exécution, dans les dimensions de 22 × 15 1/2. Il n'en indique pas la provenance, mais il l'intitule : *Massacre de 62 otages*, le

25 mai, à 4 heures du soir, rue Haxo, 83 à 85, villa Levêque (*Belleville*). Cette mention est d'ailleurs inexacte.

Nous n'avons pas voulu, on vient de le voir, et cela sortait de notre cadre, aborder la question historique de l'affaire de la rue Haxo. C'était là une besogne que nous n'avions pas le loisir d'entreprendre, mais que nous sentions, à l'effleurer seulement, infiniment délicate, et demandant une documentation faite d'impartialité, de justice et de bonne foi.

Beaucoup de pages ont été brossées sur la Commune de 71, mais son histoire reste à écrire. Le jugement, dégagé de tout esprit de parti, qu'il faudra bien un jour prononcer sur cet effroyable soulèvement de la population parisienne, n'est pas encore rendu et ne pourra l'être que par l'historien qui saura, voudra ou pourra se tenir en dehors de l'un et de l'autre côtés de la barricade.

Nous avons dit que les restes des gardes de Paris et des gendarmes avaient été transportés au cimetière de Belleville, rue du Télégraphe. Nous en copions la mention suivante au bureau de la conservation de cette petite nécropole :

Le 7 avril 1873. — Inspection générale du service des Cimetières. — Cimetière de Belleville.

NOTE

M. le gardien conservateur est informé qu'il a été décidé que l'on établirait immédiatement sur l'emplacement du cimetière de Belleville où ont été inhumés les hommes de la Garde républicaine assassinés rue Haxo, le monument que l'on a l'intention d'élever à leur mémoire.

Dans le courant de l'année 1876, les restes et le monument seront transférés sur la sépulture définitive de 12 mètres superficiels désignée par M. Feydeau, et dont la concession, à titre perpétuel et gratuit, sera incessamment demandée au Conseil municipal.

L'inspecteur général.

Signé : Feydeau.

Ce fut le 30 mai 1871, c'est-à-dire quatre jours après l'exécution, et le lendemain de l'enterrement provisoire sous les petits tertres de la rue Haxo, que les corps des gardes furent amenés au cimetière de Belleville et inhumés le long d'un mur en attendant le monument définitif.

La demande de concession, dont parlait M. Feydeau dans sa *note* du 7 avril 1873, fut adressée au Conseil municipal, par M. le préfet de la Seine Léon Say, dans le curieux mémoire du 16 mai 1873, que nous reproduisions ci-après :

Cimetière de Belleville. — Sépulture des hommes de la Garde républicaine fusillés comme otages rue Haxo. — Mémoire au Conseil municipal.

Messieurs,

M. le général Valentin, commandant les légions de la Garde républicaine, m'a demandé de vous soumettre une proposition tendant à délivrer dans le cimetière de Belleville une concession perpétuelle et gratuite pour la sépulture des 36 hommes de la Garde républicaine fusillés comme otages rue Haxo pendant l'insurrection, en me faisant savoir qu'à la suite d'une souscription ouverte dans les rangs des deux légions, une somme de deux mille six cents francs a été recueillie pour élever un monument funèbre à leur mémoire, somme tout à fait insuffisante, si la ville de Paris ne prêtait son concours à l'œuvre par la concession gratuite du terrain nécessaire.

L'emplacement actuellement occupé par les 36 corps au cimetière de Belleville comprend 48 mètres superficiels. Les terrains disponibles des cimetières de Paris étant fort restreints, il serait bien difficile à l'Administration municipale d'affecter à la sépulture dont il s'agit un emplacement d'une surface relativement si considérable. Mais, afin de concilier les intérêts de la Ville, ainsi que les exigences du service des Inhumations avec les vœux des souscripteurs et des familles, on a recherché et on m'a désigné un terrain d'une étendue moindre qui remplirait le but que l'on se propose.

Cet emplacement comporte 12 mètres superficiels, dans les dimensions de 4 mètres de façade sur 3 mètres de profondeur. Sa contenance serait peut-être insuffisante si on voulait y transférer immédiatement les 36 corps, qui ne sont pas encore entièrement consommés. Mais cette translation ne saurait s'effectuer en ce moment, en raison de l'état de décomposition où se trouvent les corps et parce que tous les terrains du cimetière de Belleville sont occupés par des inhumations dont les plus anciennes ne remontent pas au delà de 1870. Conformément aux lois et règlements sur les sépultures, la Ville ne peut les affecter à des inhumations nouvelles avant le délai de cinq ans à partir des dernières inhumations, c'est-à-dire avant l'année 1876.

Il a été décidé, de concert avec M. le général Valentin, qu'on attendrait jusqu'à cette époque. Les corps réduits à l'état d'ossements, pourront être transférés sans danger dans l'emplacement désigné, où ils trouveront une place largement suffisante. La ville de Paris pourrait même alors se charger des frais d'exhumation et de réinhumation. En attendant, on établirait dès à présent sur l'emplacement actuel le monument qu'on a l'intention d'élever à la mémoire des malheureuses victimes. Ce monument serait reporté en 1876 sur la sépulture définitive.

Vous n'ignorez pas, Messieurs, que les concessions gratuites ne sont délivrées dans les cimetières communaux qu'après le vote du Conseil municipal et l'approbation du Gouvernement, conformément aux prescriptions de l'ordonnance du 10 juillet 1816.

J'ai l'honneur, en conséquence, de vous proposer d'affecter à titre perpétuel et gratuit, à la sépulture des 36 hommes de la Garde républicaine fusillés comme otages rue Haxo par les insurgés, un emplacement de 12 mètres superficiels dans le cimetière de Belleville.

Ci-joint un projet de délibération.

Présenté à Paris, le 16 mai 1873.

Le Préfet de la Seine, membre de l'institut,

Signé : Léon Say

L'affaire vint au Conseil municipal, dans la séance du 26 juin 1873. Sur le rapport de M. Leleux, la délibération ci-après fut adoptée sans le moindre débat :

Cimetière de Belleville. — Sépulture des hommes de la Garde républicaine fusillés comme otages rue Haxo, le 25 mai 1871. — Concession gratuite d'un terrain (M. Leleux, *rapporteur*).

Le Conseil,

Vu le mémoire, en date du 16 mai 1873, par lequel M. le Préfet de la Seine propose d'accorder gratuitement un terrain dans le cimetière de Belleville pour la sépulture perpétuelle des 36 hommes de la garde républicaine fusillés comme otages rue Haxo, pendant l'insurrection, le 26 mai 1871.

Délibère :

Une concession perpétuelle de 12 mètres superficiels est affectée, à titre gratuit, dans le cimetière de Belleville, à la sépulture des 36 hommes de la garde républicaine fusillés comme otages, rue Haxo, par les insurgés, le 26 mai 1871.

Cette délibération, on vient de le voir, n'accordait la concession que pour 36 gardes de Paris. Et encore, sur ces 36 gardes, l'un d'entre eux, le sieur Doublet, avait été inhumé, grâce à une souscription spéciale, dans une fosse particulière, mais temporaire.

Voici pourtant un document, copié par nous au cimetière même, qui indique l'inhumation de 40 cadavres : 36 gardes et 4 gendarmes. Nous n'avons pas trouvé la décision administrative autorisant l'enterrement des quatre derniers, autorisation qui, sans doute, en raison des tristes circonstances dans lesquelles on se trouvait, aura été accordée sans revenir devant le Conseil municipal.

Il fut entendu que l'emplacement de 12 mètres ne serait délivré qu'en 1876 afin d'attendre que les corps fussent suffisamment réduits pour être réunis dans la nouvelle concession d'une superficie plus restreinte. Le 13 février 1877, les corps ont donc été exhumés de leur emplacement primitif et réinhumés définitivement dans la concession sur laquelle est placé le monument.

Le document auquel nous faisons allusion est ainsi conçu :

« *Etat nominatif des 40 corps, gardes républicains et gendarmes, fusillés comme otages, le 26 mai 1871, rue Haxo, et inhumés en tranchée gratuite dans le cimetière de Belleville, le 30 du même mois. Exhumés le 13 février 1877.*

« Parmi ce nombre il n'y a que M. Doublet qui a été inhumé en fosse temporaire par cotisation.

Garaudet, maréchal des logis ;
Geanty, maréchal des logis ;
Bermond, brigadier ;
Cousin, brigadier ;
Millotte, brigadier ;
Poirot, brigadier ;
Pons, brigadier ;
Bellamy, gendarme à cheval ;
Biancherdini, garde ;
Blanchon, gendarme à pied ;
Bodin, garde ;
Bouzon, garde ;
Breton, garde ;
Capedeville, garde ;

Carlotti, garde ;
Chapuis, garde ;
Colombani, garde ;
Coudeville, garde ;
Doublet, garde (inhumé en fosse temporaire) ;
Ducros, garde ;
Dupré, garde ;
Fischer, garde ;
Fourès, garde ;
Keller, garde ;
Lacaze, gendarme de la Seine ;
Mannoni, garde ;
Marchetti, garde ;
Marguerite, garde ;
Marty, garde ;
Mongenot, garde ;
Mouillie, garde ;
Pacotte, garde ;
Paul, garde ;
Pauly, garde ;
Pourteau, garde ;
Riolland, garde ;
Valder, garde ;
Valet, gendarme à pied ;
Villemin, garde ;
Weiss, garde.
Total général, quarante corps.

« Cette inscription est la reproduction de la plaque commémorative qui se trouve à Notre-Dame.

» Paris, le 3 février 1877.

» *Le conservateur,*

» *Signé :* Batillat. »

Nous signalerons que, sur le marbre de la rue Haxo, un seul gendarme figure, qui est Bellamy. Blanchon et Lacaze n'y sont pas, et Valet y est dénommé Vallette, si tant est que ce soit le même ?

Au cimetière, le monument se compose d'une haute colonne de pierre en forme d'obélisque, avec, au pied, des dalles tumulaires et des bornes. Sur les quatre faces de la colonne, les quarante noms indiqués plus haut sont gravés en creux. Au sommet, l'hommage ci-après est incrusté sur chacun des quatre côtés :

1. AUX GARDES RÉPUBLICAINS
2. QUI ONT SUCCOMBÉ
3. FIDÈLES A LEUR DEVOIR
4. LE XVI MAI MDCCCLXXI

Voici la liste des noms inscrits sur les quatre faces de ce tombeau :

PREMIÈRE FACE

1. Garaudet,		
2. Granty,		
3. Bermond,		
4. Cousin,	}	gradés de la Garde de Paris
5. Millotte,		
6. Poirot,		
7. Pons,		
8. Bellamy, gendarme.		
9. Bianchardini, garde.		
10. Blanchon, gendarme.		

DEUXIÈME FACE

1. Bodin, garde.
2. Bouzon, garde.
3. Breton, garde.
4. Capdeville, garde.
5. Carlotti, garde.
6. Chapuis, garde.
7. Colombani, garde.
8. Coudeville, garde.
9. Doublet, garde.
10. Ducros, garde.

LE MUR DES OTAGES, rue Haxo, vue prise en [illegible]

TROISIÈME FACE

1. DUPRÉ, garde.
2. FISCHER, garde.
3. FOURÈS, garde.
4. KELLER, garde.
5. LACAZE, gendarme.
6. MANNONI, garde.
7. MARCHETTI, garde.
8. MARGUERITE, garde.
9. MARTY, garde.
10. MONGENOT, garde.

QUATRIÈME FACE

1. MOUILLIE, garde.
2. PACOTTE, garde
3. PAUL, garde.
4. PAULY, garde.
5. POURTEAU, garde.
6. RIOLLAND, garde.
7. VALDER, garde.
8. VALETE, gendarme.
9. VILLEMIN, garde.
10. WEISS, garde.

Au sujet de ce monument, le *Moniteur Universel*, du 12 février 1877, publiait l'information ci-après :

« PARIS. M. le colonel Lambert vient d'obtenir de M. le Préfet de police l'autorisation de faire exhumer de la fosse où ils avaient été inhumés, au cimetière de Belleville, les restes mortels des gardes de Paris et des gendarmes qui furent, au nombre de 40, fusillés le 26 mai 1871. Le tombeau commémoratif construit sur le terrain concédé par la ville de Paris, vient d'être entièrement achevé. L'inauguration aura lieu prochainement. »

Il résulte des recherches faites au sujet de la commémoration des *victimes du Devoir*, par le service des Archives de la Préfecture de police, que, sur ces 40 personnes, 3 furent fusillées à la prison de Sainte-Pélagie, le 23 mai 1871, savoir : Bouzon, Capdeville et Pacotte ; 2, sur lesquelles on n'a aucune indication du lieu de leur mort : Blanchon et Lacaze ; les 35 autres furent exécutées au mur de la rue Haxo, le 26 mai 1871

La « plaque commémorative qui se trouve à Notre-Dame », et dont il vient d'être question plus haut, se compose de deux tables de marbre noir gravées en lettres d'or, mesurant environ 2 mètres de haut sur 0 m. 80 de large, et apposées, vers 1872, dans le transept de la cathédrale. Ces deux inscriptions se réfèrent à tous les otages qui trouvèrent la mort pendant les événements de la Commune, sans aucune indication des circonstances, ni des lieux où se firent les exécutions. Elles ne contiennent donc que des noms et des qualités, avec, en tête, des dates générales. Les otages de la rue Haxo, par conséquent, y figurent, mais dans des orthographes souvent différentes de celles des autres inscriptions.

Nous croyons intéressant de les reproduire ici, pour cette dernière raison.

PREMIÈRE INSCRIPTION

OTAGES

ASSASSINÉS A PARIS, LES 24, 25, 26 & 27 MAI
MDCCCLXXI

Laïques.

MM.

BONJEAN, président à la Cour de cassation.
CHARLES, dit CHAULIEU, commis principal à la Préfecture de police.
CHAUDEY, publiciste.
DEREST, ancien officier de paix.
JECKER, banquier.
GAUGUELIN, VALANT, } maîtres auxiliaires à l'école libre d'Albert-le-Grand
CATHALA, CHEMINAL, DINTROZ, GROS, MARCE, PETIT, } serviteurs de cette école.

Militaires.

Garde républicaine :

GARAUDET, maréchal-des-logis.
GEANTY, maréchal-des-logis.
BERMOND, brigadier.
COUSIN, brigadier.
POIROT, brigadier.
PONS, brigadier.
BIANCHERDINI, garde.
BODIN, garde.
BOUZON, garde.
BRETON, garde.
CAPEDEVIELLE, garde.
KELLER, garde.
MANNONI, garde.
MARCHETTI, garde.
MARGUERITTE, garde.
MARTY, garde.
MONGENOT, garde.
MOUILLIE, garde.
PACOTTE, garde.
PAUL, garde.
PAULY, garde.
POURTEAU, garde.
CARLOTTI, garde.
CHAPUIS, garde.
COLOMBANI, garde.
CONDEVILLE, garde (1).
DOUBLET, garde.
DUCROS, garde.
DUPRÉ, garde.
FISCHER, garde.
FOURÈS, garde.
RIOLLAND, garde.
VALDER, garde.
VILLEMIN, garde.
WEISS, garde.

Gendarmerie :

BELLAMY, gendarme à cheval.
LACAZE, gendarme à cheval.
BLANCHON, gend. à pied.
VALET, gendarme à pied.

1. Après la gravure de cette inscription, une lettre émanant de la famille de cet otage fit connaître que le nom était Coudeville et non Condeville.

DEUXIÈME INSCRIPTION

OTAGES

ASSASSINÉS A PARIS, LES 24, 25 & 26 MAI

MDCCCLXXI

Ecclésiastiques.

Mgr DARBOY, archevêque de Paris.

Mgr SURAT, protonotaire apostolique (vicaire général de Paris).

L'abbé DEGUERRY, curé de la Madeleine.

L'abbé BÉCOURT, curé de Notre-Dame de Bonne-Nouvelle.

L'abbé SABATTIER, 2e vicaire de Notre-Dame-de-Lorette.

L'abbé HOUILLON, prêtre de la Congrégation des Missions étrangères.

L'abbé PLANCHAT, aumônier du patronage de Sainte-Anne, à Charonne.

L'abbé ALLARD, prêtre libre, aumônier d'ambulance.

L'abbé SEIGNERET, séminariste de Saint-Sulpice.

Les RR. PP. :

OLIVAINT, DUCOUDRAY, CLERC, CAUBERT, DE BENGY, de la Compagnie de Jésus

RADIGUE, ROUCHOUZE, TARDIEU, TUFFIER, de la Congrégation des SS.-CC. de Jésus et Marie

CAPTIER, BOURARD, COTRAULT, DELHORME, CHATAGNERET, du T.-O. enseignant de St-Dominique à l'école libre d'Albert-le-Grand à Arcueil.

SAGUET, frère des écoles chrétiennes, instituteur-adjoint à l'école communale d'Issy.

Aux listes officielles et lapidaires que nous venons de reproduire, et entre lesquelles, si on se livre au petit jeu des pointages et des comparaisons, on rencontrera pas mal de défauts de concordance, soit en ce qui concerne le nombre des personnes, soit pour l'orthographe de leurs noms, nous ne voulons pas en ajouter d'autres, notamment celles publiées par M. Gaston Da Costa, dans la *Commune vécue* (T. III, p. 155), et par M. Armand Dayot, dans son album intitulé : l'*Invasion, le Siège, la Commune*, plus imprécises encore, et qui ne feraient que compliquer le dilemme.

Nous croyons indispensable de terminer ce travail par le texte de l'affiche ci-après, placardée sur tous les murs de la capitale, annonçant la vente de *la villa des Otages*, avec l'indication du lotissement et le plan dressé à cet effet :

Etude de M. Gustave Brunet, avoué à Paris,
rue des Petits-Champs, 95.

VENTE

SUR PUBLICATIONS JUDICIAIRES

Au plus offrant et dernier enchérisseur

« En l'audience des criées du Tribunal civil de première instance de la Seine, séant au Palais de justice, à Paris, salle des Criées, à deux heures de relevée :

» 1° Une GRANDE PROPRIÉTÉ sise à Paris (XXe arrondissement), rue Haxo, 79, 81, 83 et 85, et du Borrégo, 51, divisée en quinze lots avec faculté de réunion des quinze lots.

» L'adjudication aura lieu le mercredi 8 **décembre** 1909 à deux heures de relevée.

DÉSIGNATION

» 1° *Une grande propriété, sise à Paris, rue Haxo, nos 79, 81, 83 et 85, et rue du Borrégo, n° 51 (XXe arrondissement), d'une contenance superficielle de 6.120 mq. environ, divisée en quinze lots avec faculté de réunion des quinze lots.*

» Cette propriété est à l'angle de la rue Haxo et de la rue du Borrégo. Elle se compose d'un vaste terrain couvert en partie de constructions en mauvais état avec passage les desservant et cours. La partie à l'angle des deux rues et tout le long de la rue du Borrégo est aménagée en parc avec pièces d'eau, pelouses, allées, etc.

» Elle est limitée par la rue du Borrégo, sur laquelle elle porte le n° 51 ; par la rue Haxo, sur laquelle elle porte les nos 79, 81, 83 et 85 ; du côté opposé à la rue Haxo, par des propriétés voisines et par une partie de passage commun dépendant de la propriété de M. Leprevost formant hache ; du côté opposé à la rue du Borrégo, par des propriétés diverses et aussi par un passage commun, dont l'entrée est rue de Haxo, 85.

» Le passage commun est limité du côté de la propriété mise en vente par une ligne dont les extrémités sont désignées au plan par les points A B, le point A au pan coupé et le point B à la limite de la propriété sur la rue Haxo.

» Une ligne droite est supposée tracée entre les points A et B.

» A 20 mètres de cette ligne AB, il est tracé une parallèle CD.

» A 26 mètres de la ligne AB, il est tracé une parallèle EF.

» A 32 mètres de la ligne AB, il est tracé une troisième parallèle OPGH.

» D'autre part, sur la rue du Borrégo, le point de rencontre de l'alignement de la rue Haxo avec l'alignement de la rue du Borrégo est désigné par la lettre I.

» A parti de ce point I, il est porté trois distances de 16 mètres, qui donnent en bordure de la rue du Borrégo les points JKL.

» A partir du point L ainsi déterminé, il est porté deux fois la distance de 6 mètres, ce qui donne toujours en bordure de la rue du Borrégo les points M et N.

» Par le point N, il est mené perpendiculairement à la rue du Borrégo une ligne NQ, le point Q se trouvant sur la ligne OP déterminée précédemment.

» Par le point M, il est mené perpendiculairement à la rue du Borrégo une ligne MP, le point P se trouvant sur la ligne QG déterminée précédemment.

» Par le point L, il est mené perpendiculairement à la rue du Borrégo, une ligne LG, le point G se trouvant sur la ligne PH déterminée précédemment.

» Du point Q, il est mené une ligne droite QR perpendiculaire à la ligne CD.

» Par le point P, il est mené une ligne droite PE perpendiculaire à la ligne EF.

» De cette façon, se trouve déterminée une ligne principale FEPM, représentant l'axe d'une des voies projetées et la limite des lots, tels qu'ils vont être tracés.

» Les lignes DRQN, HGL sont les côtés de la voie projetée.

« Aux rencontres de cette voie avec la rue Haxo et la

rue du Borrégo et aussi à l'angle saillant près du point G, il sera ménagé trois pans coupés de 5 mètres, tracés de telle façon que les angles formés par ces pans coupés et par les directions adjacentes soient égaux.

» Le tracé des lots est déterminé ainsi qu'il suit :

» Sur la ligne DR, à partir du point D, il est porté une distance de 20 mètres ; on obtient ainsi le point T.

» Le côté du passage ou impasse, qui se trouve au fond de la propriété et qui est désigné au plan par les lettres V et U, est prolongée en ligne droite jusqu'au point C, qui se trouve sur la ligne CD, déterminée précédemment.

» La distance CT, qui se trouve sur la ligne CD, sera divisée en trois parties égales, ce qui donne sur cette ligne les points WX.

» Par ces points TXW, il est mené des perpendiculaires à la ligne CD ; ces perpendiculaires sont prolongées de façon à fixer la limite des lots, 1, 2, 3.

» La ligne GL est divisée en deux parties égales ; on obtient ainsi un point Z sur la ligne GL. Du point Z, il est mené une ligne ZY parallèle à la limite de la propriété du côté de la rue du Borrégo. Cette ligne ZY est prolongée de façon à former les limites des lots 12, 13, 14, qui sont complétées d'autre part en menant par les points MKJ des perpendiculaires à la rue du Borrégo.

» Les perpendiculaires passant par K et J ont donné sur la ligne ZY les points AA, BB. Par ces points AA et BB, il est mené jusqu'à la ligne EF des perpendiculaires à cette ligne EF. Les limites des lots 9, 10, 11 se trouvent ainsi déterminées.

» La ligne NQ précédemment déterminée est divisée en trois parties égales.

» On obtient ainsi sur cette ligne les points CC et DD. Par ces deux points il est mené des perpendiculaires à la ligne NQ ; ces perpendiculaires prolongées pour former la limite des lots 7, 8, 15.

» Enfin, l'ensemble de ces tracés est complété en joignant les points E et R par une ligne droite, de façon à compléter la limite des lots 4 et 6.

» D'autre part, pour déterminer exactement le lot n° 5, dont la limite sur le passage ou impasse commun est indiquée par les lettres *a* et *b*, par le point A il est mené une perpendiculaire *ac* jusqu'à l'axe de l'impasse. Cette ligne *ac* est perpendiculaire à la direction de l'impasse en retour.

» Par le point *b* il est mené jusqu'à l'axe de l'impasse une ligne *bd* perpendiculaire à l'autre direction de l'impasse. Les points *c* et *d* ainsi obtenus sont joints par une ligne droite. La portion du passage afférent au lot n° 5 se trouve ainsi déterminée par la ligne polygonale *abcd*.

» Ce tracé sert aussi à déterminer la partie du passage afférent au lot n° 4.

» De ce qui précède, il résulte que les lots sont entièrement définis par les tracés tels qu'ils viennent d'être décrits : les renseignements, qui seront donnés ci-après relativement à leur contenance le seront en conséquence sans aucune espèce de garantie et à titre de simple indication.

» Sur chacun des lots, les acquéreurs devront faire leur affaire personnelle des constructions, canalisations d'évacuation ou d'alimentation, substructions, etc., en résumé de tous ouvrages quelconques, apparents ou cachés, qui sont tous considérés seulement comme matériaux, c'est-à-dire que l'existence de tous ces ouvrages ne pourra créer, ni laisser subsister aucune servitude d'un lot sur un autre lot.

» Les acquéreurs des lots 1, 2, 3, 4, 6, 7, 8, 9, 10, 11, 14, 15 devront s'entendre entre eux pour créer et entretenir à leurs frais, la rue projetée avec les pans coupés indiqués.

» Chaque lot séparément peut être désigné comme suit :

PREMIER LOT

» Un terrain d'une contenance de 620 mètres, limité à droite par la rue Haxo nos 83 et 85, à gauche par le lot no 2, en haut par la propriété voisine et par une partie de l'impasse commune, en bas par le lot no 11, duquel il est séparé par la ligne SF.

» Ce lot renferme :

» 1° Deux bâtiments en bordure de la rue Haxo élevés sur caves d'un rez-de-chaussée ;

» 2° Deux bâtiments à usage d'habitation, élevés d'un rez-de-chaussée et d'un étage ;

» 3° Un autre bâtiment à la suite, élevé également d'un rez-de-chaussée et d'un étage ;

» 4° Un sixième bâtiment à gauche, en bordure de la rue Haxo, servant de loge de concierge.

» Les autres parties non construites sont occupées par des cours et par le passage commun portant le no 85 de la rue Haxo.

DEUXIÈME LOT

» Un terrain d'une contenance de 450 mètres. limité à droite par le lot no 1, à gauche par le lot no 3 en haut par une partie de l'impasse commune, en bas par le lot nº 10.

» Ce lot comprend un bâtiment à usage d'habitation élevé d'un rez-de-chaussée et d'un étage. Le reste est occupé par des cours et dans une partie par le passage commun portant le nº 85 de la rue Haxo.

TROSIÈME LOT

» Un terrain d'une contenance de 450 mètres, limité à droite par le lot nº 2 à gauche par le lot nº 4, en haut par une partie de l'impasse commune, en bas par le lot nº 9.

» Ce lot comprend:

» 1º La plus grande partie d'un bâtiment à usage d'habitation, élevé d'un rez-de-chaussée et d'un étage;

» 2º Divers petits appentis à usage de remise et débarras, adossés à la précédente construction ;

3º En haut et à gauche, une petite partie d'un bâtiment à usage d'habitation, élevé d'un rez-de-chaussée et d'un étage.

» Le reste de ce lot est occupé dans une petite partie par le passage commun portant le nº 85 de la rue Haxo.

QUATRIÈME LOT

» Un terrain d'une contenance de 440 mètres, limité à droite par le lot nº 3, à gauche par une partie de l'impasse commune et par le lot nº 6, en haut par une partie de l'impasse commune et par le lot nº 5, en bas par le lot nº 9.

» Ce lot comprend :

» 1º Une partie de bâtiment, dont le reste est sur le lot nº 3 ;

» 2° A gauche, une petite partie d'un bâtiment à usage d'habitation, élevé d'un rez-de-chaussée et d'un étage ;

» 3° Une partie d'un autre bâtiment élevé seulement d'un rez-de-chaussée.

» Une partie de ce lot est occupée par le passage commun portant le n° 85 de la rue Haxo, et le reste par une cour.

CINQUIÈME LOT

» Un terrain d'une contenance de 310 mètres, limité sur la presque totalité de son périmètre par des propriétés diverses, en bas et à droite par le lot n° 4

» Ce lot comprend un bâtiment à usage d'habitation, élevé d'un rez-de-chaussée et d'un étage.

» Une petite partie est occupée par le passage commun portant le n° 85 de la rue Haxo ; le reste est un jardin potager.

SIXIÈME LOT

» Un terrain d'une contenance de 380 mètres, limité à droite par le lot n° 4 et par le lot n° 9, à gauche par des propriétés diverses, en haut par les propriétés appartenant ou ayant appartenu à M. Leprevost, en bas par le lot n° 7.

» Ce lot comprend :

» 1° La plus grande partie d'un bâtiment à usage d'habitation, dont le reste est sur le lot n° 7, élevé partie sur caves, partie sur terre-plein d'un rez-de-chaussée et d'un étage ;

» 2° Une construction à usage d'habitation pour gardien, élevée d'un rez-de-chaussée ;

» 3° Une partie d'un bâtiment élevé d'un rez-de-chaussée, dont le reste est sur le lot n° 4 ;

» 4° Une petite partie d'un autre bâtiment élevé d'un rez-de-chaussée et d'un étage carré.

» Le restant de ce lot est occupé par des cours.

SEPTIÈME LOT

» Un terrain d'une contenance de 335 mètres, limité à droite par le lot n° 9, à gauche par des propriétés diverses, en haut par le lot n° 6, en bas par le lot n° 8.

» Ce lot comprend :

» 1° La plus grande partie d'un bâtiment élevé d'un rez-de-chaussée et d'un étage ;

» 2° Une partie d'un autre bâtiment à usage d'habitation, dont le reste est sur le lot n° 6, élevé partie sur caves, partie sur terre-plein d'un rez-de-chaussée et d'un étage.

» Le reste du lot est occupé par une cour et par une partie de parc, avec pelouses, allées, etc.

HUITIÈME LOT

» Un terrain d'une contenance de 330 mètres, limité à droite par le lot n° 9 et par le lot n° 14, à gauche par des propriétés diverses, en haut par le lot n° 7, en bas par le lot n° 15.

» Ce lot comprend une partie de parc avec pelouses et allées. Il n'y est édifié aucune construction.

NEUVIÈME LOT

» Un terrain d'une contenance de 590 mètres, limité à droite par le lot n° 10, à gauche par les lots n°s 6,

7 et 8, en haut par le lot n° 3 et par le lot n° 4, en bas par le n° 14.

» Ce lot comprend :

» 1° Une petite partie d'un bâtiment élevé d'un rez-de-chaussée et d'un étage ;

» 2° La plus grande partie d'un bâtiment à usage d'habitation, élevé d'un rez-de-chaussée et d'un étage ;

» 3° Deux petits appentis à usage d'habitation ;

» 4° Une partie d'un bâtiment élevé d'un rez-de-chaussée et d'un étage, à usage de chapelle, en pan de fer rempli de briques apparentes, dont le reste est sur les lots n°s 10 et 11.

» Le reste du lot est occupé par des cours et par une partie de parc, avec pelouses, allées, pièces d'eau, etc.

DIXIÈME LOT

» Un terrain d'une contenance de 375 mètres, limité à droite par le lot n° 11, à gauche par le lot n° 9, en haut par le lot n° 2, en bas par le lot n° 13.

» Ce lot comprend une partie d'un bâtiment élevé d'un rez-de-chaussée et d'un étage, à usage de chapelle, en pan de fer rempli de briques apparentes, dont le reste est sur les lots n°s 9 et 11.

» Le reste du lot est occupé par une cour et par une partie de parc, avec pelouses, allées, pièces d'eau, etc.

ONZIÈME LOT

» Un terrain d'une contenance de 410 mètres, limité à droite par la rue Haxo, à gauche par le lot n° 10, en haut par le lot n° 1, en bas par le lot n° 12.

» Ce lot comprend :

» 1° Une petite partie d'un bâtiment élevé d'un rez-de-chaussée et d'un étage, à usage de chapelle, en pan de fer et briques apparentes, dont le reste est sur les lots nos 9 et 10 ;

» 2° Un autre bâtiment élevé d'un rez-de-chaussée ;

» 3° Un bâtiment à usage d'habitation élevé d'un rez-de-chaussée et d'un étage ;

» 4° Un autre bâtiment élevé sur caves d'un rez-de-chaussée avec couverture en terrasse ;

» 5° Une construction située dans le parc à usage de hangar.

» Le reste du lot est occupé par des cours et par une partie de parc avec pelouses, allés, etc.

DOUZIÈME LOT

» Un terrain d'une contenance de 335 mètres, limité à droite par la rue Haxo, n° 79, à gauche par le lot n° 13, en haut par le lot n° 11, en bas par la rue du Borrégo.

» Ce lot comprend une partie de parc, avec porte d'accès sur la rue Haxo, pelouses, allées, etc. Il n'y existe aucune construction.

TREIZIÈME LOT

» Un terrain d'une contenance de 310 mètres, limité à droite par le lot n° 12, à gauche par le lot n° 14, en haut par le lot n° 10, en bas par la rue du Borrégo.

» Ce lot comprend une partie de parc, avec pelouses, allées, pièce d'eau, etc. Aucune construction n'existe sur ce lot.

QUATORZIÈME LOT

» Un terrain d'une contenance de 430 mètres, limité à droite par le lot n° 13, à gauche par les lots n° 8 et 15, en haut par le lot nº 9, en bas par la rue du Borrégo.

» Ce lot comprend une partie de parc, avec pelouses, allées, pièce d'eau, etc. Il n'y existe aucune construction.

QUINZIÈME LOT

» Un terrain d'une contenance de 355 mètres, limité à droite par le lot nº 14, à gauche par des propriétés diverses, en haut par le lot nº 8, en bas par la rue du Borrégo.

» Ce lot comprend une partie de parc, avec pelouses, allées, etc. Il n'y existe aucune contruction.

» NOTA. — Les immeubles présentement mis en vente sont libres de tous baux et location.

Charges de la propriété rue Haxo

Contributions	2.120	»
Gaz	160	»
Eau	430	»
Assurances	41	10
Vidanges	250	»
Concierge	600	»
Total	3.601	10

Mise à prix de la propriété sise rue Haxo, 79, 81, 83, 85 et rue du Borrégo, 51

Premier lot	15.500	»
Deuxième lot	9.000	»
Troisième lot	9.000	»
Quatrième lot	8.800	»
A reporter	42.300	»

Report............	42.300	»
Cinquième lot......................	5.000	»
Sixième lot........................	8.000	»
Septième lot.......................	6.500	»
Huitième lot.......................	6.500	»
Neuvième lot.......................	12.000	»
Dixième lot........................	7.500	»
Onzième lot........................	10.000	»
Douzième lot.......................	10.000	»
Treizième lot......................	7.500	»
Quatorzième lot....................	9.000	»
Quinzième lot......................	9.000	»
Total............	133.300	»

Faculté de réunion des quinze lots.

» S'adresser pour les renseignements :

» 1° A Mᵉ G. Brunet, avoué poursuivant, demeurant à Paris, rue des Petits-Champs, n° 95 ;

» 2° A M. Victor Ménage, administrateur judiciaire, demeurant à Paris, rue des Mathurins, n° 44 ;

» 3° Au greffe des criées du Tribunal civil de la Seine, où se trouve déposé le cahier des charges ;

» 4° Et sur les lieux, pour visiter, avec un permis délivré par Mᵉ Brunet ou par M. Ménage. »

Nous ajouterons, comme épilogue à ce travail, qui n'est en somme qu'un procès-verbal de constat, que la description de l'état actuel du coin de Paris où se vécut l'une des minutes les plus tragiques de notre histoire, l'information ci-après, parue dans le *Journal des Débats* du 8 décembre 1909, et annonçant l'adjudication de l'immeuble ;

» *Vente de la propriété de la rue Haxo.*

» A l'audience des criées, par les soins de M. Ménage liquidateur de la Compagnie de Jésus, dont Me Brunet était l'avoué, a été mise en vente aujourd'hui la propriété de la rue Haxo, dont le nom seul évoque le drame de la Commune.

» Quinze lots comprennent les pavillons, les chapelles ; le grand jardin et le mur lézardé devant lequel furent fusillés, le 26 mai 1871, cinquante-deux otages, figuraient sous le n° 9.

» A 3 heures, ils ont été mis aux enchères. D'abord, ils ont été divisés sous réserve de leur réunion ultérieure, mais, sauf le premier, les 12e et 13e, mis à prix à 15.000, 10.000 et 7.500 francs, pour lesquels il y a eu une enchère de 50 francs, les lots n'ont point trouvé acquéreurs. Il ont été alors réunis avec une mise à prix de 133.000 francs, et ils ont été adjugés 140.000 francs sur enchère faite par Me Cortot. »

Le mur tragique, qui fait l'objet de cette brochure, était compris dans les lots nos 7, 8, 15, et non 9, comme il est dit plus haut.

IMPRIMERIE JOUVE ET Cie, 15, RUE RACINE, PARIS

www.ingramcontent.com/pod-product-compliance
Ingram Content Group UK Ltd.
Pitfield, Milton Keynes, MK11 3LW, UK
UKHW020451180726
13839UKWH00004B/1758

9 782329 573540